詩集

幸福の速度

吉田義昭

土曜美術社出版販売

詩集　幸福の速度＊目次

Ⅰ　人生論詩篇

Ⅱ　いのちの詩篇

Ⅲ　社会学詩篇

詩集　幸福の速度

装丁／多田浩二
装画／柿本忠男

Ⅰ　人生論詩篇

朝食の時間

目覚めが悪く夜の孤独のまま迎えた暖かな朝
「世界一孤独な日本の老人たち」と噂され
夢の中だけで激しく自分を叱った私の老人度
世界一になれるなら趣味は人に聞かせる独り言
適度な幸福な孤独は病気の原因になると
私の国では気づかれずに老いていくのは不幸です

朝空を見つめ白いテーブルに腰掛ける独り家族
妻に死なれ急激に心から疲れきっていた私でも
ゆったりと静かに自分を見つめ直して暮らし
老いる幸福の速度に従い柔らかく生きていただけ

私の孤独が正の孤独か負の孤独か分かりませんが
日々　本当の会話をしていない人の方が孤独です

何を食べるかと一時間もぼんやりしていました
卵料理が浮かんでもフライパンは汚したくなく
白内障の手術で卵の殻が破れた生活に迷い込み
「目玉」焼きなんて恐ろしくて食べられません
フランスパンを食べてもフランスはあまりに遠く
サラダは冷蔵庫から出してもまだ寒がっていました

皆　密かに一人で生まれ「独り」を愛し一人で死ぬ
老いてから「私に恋した私」も「私に涙する私」も
私を虐める「幸福嫌いの私」も隣にいたのに
老人で男やもめで独り暮らしの人間は孤独病
そう簡単に定義する社会の方を私が見捨てたのです
朝食に何を食べようかと悩む男のこの贅沢な時間に

妻と私のジェンダー論

夕暮れのバスで母親に叱られていた幼い兄と妹
「男の子は泣かないのよ」と母の声が聞こえて
「女の子は泣いていいの」と妹のあどけない声
それからすぐに男の子は泣きやみました
男らしく女らしくの基準は自分で決めるもの
男の子だから男らしくする権利も義務もありません

この世界もこのバスの中もある程度平等に男と女
神様が公平に男性と女性で戦えと決めたのですから
二つの性だけでは寂しいと思うのは神様への冒瀆
時には妻が男らしく私が女らしく暮らしてみたり

自分の性に納得する人も違和を感ずる人もいて
神様も曖昧な分け方をされたのかもしれません

そう言えば子供の頃に母から　父の前で
「男らしくしなさい」とよく叱られたものです
女友達からは結婚から逃げ男の品位がないと失恋
結婚後の罪と罰　会話少なく妻に家事を任せ
きっと妻は私の男らしさと結婚したはずでしたが
息子の誕生に立ち会った日から諦められた夫の私

私は男として生まれ軽すぎる現代男の重荷を背負い
男らしく妻や女性たちに感謝と謝り方を身につけ
卑怯にも男らしさの素振りを忘れていたようで
仕事でも家庭でも女性との戦いに負けていたのです
妻と私で男らしさ女らしさを求め探り合う負け惜しみ
本当は妻に男の資格を奪われていたのかもしれません

花屋の場合

三十代で花屋を閉店させた友が笑っている
彼の笑いは白い花の輝きより純粋だ
あれから冒険家のように様々な仕事に就いたが
時代の不幸に流されていただけだと思う
肺癌で余命半年と宣告されさらに半年
花を愛し落ち着いた日々を過ごしていたが

突然　彼はエンディングノートをつけだした
日々の発見と死後の整頓と花や友情の記録と
私は生涯で一つの仕事しか知らなかったが
そんな私を彼は臆病な世間知らずだとからかう

でも二人の人生に勝ち負けはなかった
私達は十代の頃からずっと友でいられたのだから

天国にはきっとお花畑はないと言って彼は笑う
そんな抽象的な場所に花の香りは似合わないが
敗者が地獄に堕ちるなら花は咲いていて欲しい
私達は平凡に生きてきたのだから　永遠に
天国や地獄やそんな名所には辿り着けないだろう
空か大地か　いつか再会する場所は約束しておこう

振り返ると花屋が一番想い出深いと彼は笑う
毎日　花に愛情を貰い花の気持ちでいられたと
あの頃から育てたベンジャミンを貰って欲しい
水は木が欲しがっている時にあげればいいという
花を売り感動も売りたかったが花はいつも売れ残り
本当は彼が花を手放したくなかったのかもしれない

しっぽの理論

雨上がりの夕日に照らされた犬たちの散歩道
愛犬家の私と動物嫌いの彼が窓から道を眺め
そして「しっぽの理論」に話題を変えました
しっぽを巻いて逃げるのは犬ではなくいつも人間
「負け犬」とか「犬死に」とか犬に失礼だというと
人間はしっぽを生やした負け犬ばかりだと彼は笑う

大昔　祖先たちのしっぽは長く太く個性的だったが
現代人のしっぽは細く短く摑みやすく進化したらしい
後ろに並びしっぽを直ぐに摑んで人を信用する私と
目立ちたがり屋でしっぽを隠し先頭に立ちたがる彼と

性格は正反対　人生の立ち位置も違いますが
幼い頃から私たちはひたすら群れずに生きてきたのです

私はしっぽの柔らかな騙されやすい人が好きですが
彼はしっぽを簡単に摑まれる人間には興味がないと断言
後ろから人にしっぽを摑まれることも得意な私と
絶対にしっぽを摑まれる失敗はしないという彼と
話すほどにじゃれ合う口喧嘩のようで会話は嚙み合わず
人間は時に少し敵対する論を語る相手が欲しくなるもの

それでも親友としてずっと付き合いが続いていたのは
お互いの見えないしっぽを摑んでいたからでしょう
私たちは決してしっぽを振る後姿は見せ合いません
学芸会ではいつも主役の彼とその他大勢の村人役の私
名誉欲深く哲学的に生きる彼と心弱くしっぽも隠せぬ私
やがて人生から外れしっぽを切られるのはどちらですかね

陽気な古時計屋

三代目時計屋の友人が泣き笑いをしている
修理が苦手で本当は発明家になりたかった男
古時計屋と噂されて三十年間
人生は単に時間の無駄遣いだから楽しいという
彼が作った時代遅れの真鍮や純銀製の飾り時計
昭和の時代から幸福の速度だけが悲しく遅れていた

まず壁一面の骨董品のような掛け時計たち
その長針も短針も確かに動いてはいたが
努力も希望もなく秒針の速度が妙に遅かったのだ
棚には目覚めの悪い目覚まし時計や置時計

私の人生は時間切れ　地球のどの場所にいても
時間の無駄遣いを測る時計を作りたかったともいう

祖父の懐中時計も父の形見の金の腕時計も
我が家の時計たちは何とか修理してもらったが
私の性格のような単純で壊れやすいものが壊れると
修復は難しいと私の青春の腕時計は直せなかった
二人の無垢な時間は飾り物ではなかったが
私の脳細胞は十代の頃から時間を停止させたままだ

彼はお金も時間も無駄遣い　妻や子にも去られ
時計は愚かな時間だけを刻んでいたわけではないと
店を潰し　生涯の幸福な時間も消されてしまった
私の青春の時計と時間を修理出来ずに店仕舞い
扱いにくい老いた二人の時間も修復せずに店仕舞い
少しずつ遅れた人生にさらに乗り遅れ時計屋をやめた

黄昏電車

黄昏の空に向かう上り電車で都心に向かう
私より老人だと思う人に前に立たれ席を譲る
脳は進化したようだが顔は猿人類のまま
男は丁寧に礼を言い清々しい顔で座り
すぐに「人間とは何か」という本を読み出す
その時　私が問われた気がして空に目を逸らす

空から誰かが語りかけてくるような気がする
背中は曲がり人間の風貌から遥かに遠い男に
「彼も人間だったのだ」と呟いてみる
下り電車は家路を急ぐ人で混雑していたが

すれ違う電車の窓に私の顔を映し走り去った
なぜ私はこんなに人生の行き先に拘っているのか

私も正しく人間に見られているかと迷い出す
先祖代々　優しい人間を受け継いでいたかどうか
祖父母や父母が人間だったから私も人間に生まれ
最後に私はただ平凡な人間に辿り着いただけか
私は人生の上りも下りも決められずこれからは
故郷へ血縁の葬儀に向かうだけの生涯で終わるのか

この重い地球で人類に進化しそこねた顔のままで男は
「人間とは何か」という生き方を自問しているらしい
私にも熱い祖先たちの血の流れを感ずる時がある
次々に死んだ肉親の墓参りをずっと忘れていた
「人間とは」と私も人間の顔で強く運命論を語りたい
幾世紀も前を生きていた人の視線を強く感じる時には

優しさの伝言

春が近づき昨夜からの雪が降りやまない
車窓に映る東京の町を覆っていた白い雪
電車が静かに息を吐くように停止すると
幼い兄妹を連れた盲目の父が立っていた
父親の両手と子供の小さな片手が繋がれ
真ん中の父親を二人で守っているようだ

兄の持つ白い杖が雪の白さで輝いていた
杖を父親に渡しドアの片側に立った三人を
遠く離れた眼ですぐ近くから見ていた私
家族の暮らしが窓硝子に映像となって現れ

私の身体は急に震えだし涙が零れだした
それが私の優しさの伝言であって欲しい

痩せた女の子はドアの硝子に眼が届かない
必死に背伸びをしてもまだ雪が見えない
すると兄の細い腕が妹をやっと持ち上げた
「パパはいつも見えないの」と呟きながら
妹は歓声をあげ兄は父親を見つめている
コートも着ていない兄妹の眼は輝いていた

父親は子供よりも無邪気な顔で笑っていた
声で我が子の動きを見つめているのだろう
幼い二人のあどけない声は聞こえているのだ
私の手も父親と小さな兄の手と繋がりたかった
不意に友人の息子の盲目の青年の顔が浮かんだ
彼にもこの暖かな光景を見せてあげたかった

遠い手紙

西と東に別れた友からの手紙
ただ一行だけ「元気でいるか」と暖かな文字
私も急いで「生きているよ」と返信
どう生きようかとかどんな未来にしたいとか
若い頃にあんなに語り合ったのだから
あれからの二人にもう後悔の言葉はいらない

遠い町からの忘れていた友からの手紙
ただ一行だけ「妻が死んだ」と悲しい文字
私は返事が書けず一年が過ぎ二年が過ぎ
でも片時も彼の顔を忘れてはいなかった

慰めや励ましの言葉は嘘になるから
真実の美しい想い出だけを残しておけばいい

今日は突然に昔の友からの長い手紙
便せんに三枚荒々しい大きな癖のある文字
孫ができたとか病気のことや老いの愚痴
仕事を辞めてからの普通の日々や私との別れ
友の顔を浮かべ私も謝りの長い手紙を書く
便せんに三枚忘れていた忘れられない想い出を

もう何年も会っていない親友からの電話
ただ一言だけ「会いたい」と録音された震えた声
私は涙ぐみ懐かしいより彼の顔が恋しい
そして急いで電話を「明日にでも訪ねて行く」と
遠すぎた時代は私たちを何も変えてはいなかった
遠すぎた昨日がこんなにも早く老いてしまうとは

悲しみの演技力

かつて悪役と喜劇役者で映画に出演した男
天性の大根役者の友が俳優を辞めるという
時代から必要とされなくなった必要悪の顔だが
現代的でも善人悪人顔でもない二枚目気取り
私と違い定年もなく現実感のない現実は残酷だ
誰が「自分」かも分からぬまま人生を終えるのか

背は高く彫りの深い　笑っても悲しみの顔
いつも人に見られていると思う自意識の病気か
鏡を見つけると必ず近寄り顔や髪形を確認する
あの顔が自分の顔かどうかも分からなくなるらしい

洋服に靴に手相に男性度や体臭まで異常に気遣う
人を愛すれば「自分」も愛されると疑ってはいない

憂いを秘めて演技をすれば相手の心に入り込めると
失敗続きの人生でも演技で運命を演出してきたが
何が演技で演技でないかも分からなくなったらしい
彼の母の葬儀でも軽演劇風にあまりに上手に泣き
参列者には気障な演技にしか思えなかったが
私が泣きを誉めると彼は演技ではないと怒り出す

もう役者を辞めたのだから演ずることはないのだ
流し目で社会を見つめていたから自分の台詞を語れず
仕事も結婚も架空の敵も奇妙な運命も絵空事
想い出を裏返せば悲しみの演技は人も自分も騙しやすく
役者を退職した人生なら今こそ君は主役にもなれる
「自分」を演じる本物の役者で人生を終えればいい

悲しい親子

子供の頃から貴方は行儀が悪く親不孝癖
息子を上手く躾けられなかった母の声を聞いて下さい
それは親の私が悪かったと諦めてもいいのですが
それなのになぜ急に人生も未定のまま大学へ
それも文学をやりたいと言い出したのですか
私には貴方がこの時代に抵抗しているとは思えません

「あぁ　なんて四季の美しい国でしょう」の
「あぁ」は何を表していますかという問いに
「感嘆」でも「感動」でもなく「感性」も貧しく
貴方は十六歳の時に「深い溜息」と答えたのです

偶然に間違いだらけの答案を次々に見つけた時
本当に溜息をつきたいのは私の方でした

貴方はこの時代の悪い潮流に騙されているだけ
貴方は小学校の卒業文集に
「この国を豊かにしたい」と書いて私を泣かせた
それなのに今　貴方の文学で誰を豊かにさせられるの
この時代に生まれたことが間違いとは言いません
貴方を育てたこの時代の母親が悪いとは絶対に言いません

あんなに「国語」が嫌いで成績も悪く重い質問を嫌って
作者の主張を答える問題はいつも間違って
だから貴方とは親子の会話も出来ないと諦めました
人生は間違ったと気づいた道を歩くことは楽しいけれど
私は間違って貴方を産んだとは思っていません
「あぁ　なんて悲しい親子でしょう」

靴職人の憂鬱

靴職人の気障な友が店を閉めるという
棚に飾られた革靴たちが痛々しい
若い頃にバリトン歌手として舞台に出演した友
もし歌い続けていたら彼の喉は健康だったはずだ
前立腺癌の次は喉頭癌が見つかり入院するという
人間は使わない器官から退化していくらしい

無口になった彼の声は遠くからしか聞こえない
彼の作った新しい黒革靴を履いた男は不幸になると
そう密かに噂されているのを知ってはいたが
乳癌で死んだ男や黒革靴を穿いたまま死んだ男の話とか

そう言えば彼の町では不要で不幸な景色が生き延びた
幸福と不幸とどちらの噂が早く伝わるかは分からない

かつてオペラ歌手を目指しイタリアで修行
八年半後に陽気な靴職人になって帰って来た
自分の才能にあっさりと見切りをつけた友だが
小さな街で細々と生きることに嫌気がさしたらしい
細く　針や糸よりも細く退化した人生を生きていたと
靴の修理の次は彼の人生の噂を修理してもらう番か

三十年も過ぎたのにイタリアを想い出すらしい
歌の道から遠く逸れたが最後の靴作りだと
足形から幸福な足か不幸な足かを見分けて
数十年ぶりに作った黒革靴と白革靴を私にくれた
店中の靴や木型や転向の人生まで全て捨てるという
退院し別の街で本物のオペラを歌う人生のためにだ

Ⅱ　いのちの詩篇

幸福な無人駅

鳥よりも鳥らしい小さな鳥でした
美しい銀白色と赤と青の柔らかな羽根
名前が分からないので仕方なく
ひとりぼっちの小鳥と呼ばせてもらいます
鳥よりも鳥らしい可愛い小鳥と
人間よりも人間らしく生きていたい私と

背景は山並みと空よりも空らしい空に夕陽
小鳥と私と木のほかに生き物は見えません
私は人間よりも優しく生きていたいのです
優しさの基準は判らないので

私は自分を善人で愛すべき正直者と決め
鳥らしい小鳥に私の小声で囁きかけています

風に揺れ山間の無人駅の前で木が佇んでいます
どんな木よりも木らしい樹齢を感じさせる木
名前が分からないので仕方なく
大昔に生まれた大木と呼ばせてもらいます
枯葉が生き生きと枯れて一枚ずつ落ち
裸になった木が私たちを見つめてくれています

村から取り残された駅で群れから外れた小鳥が
人間の群れから外れた私に語りかけてきます
今日は人生を休み一人で秋の山を歩いてきました
駅舎には「幸福な無人駅」と書かれてありますが
私が電車を待っているので無人駅ではありません
この駅も鳥も木も皆で電車を待ってくれています

慈しみ深き妻の幽霊

まひる　日差しのきつい夏の部屋で
慈しみ深き妻の幽霊を見つけました
背中に光を浴びた私の影を背負い
もうとっくに死んでいるくせに
私が弱っている時に輝きながら現れ
「もっとしっかりと生きて」と囁いたのです

仏壇の前に座った男の後姿は哀れです
背中に自分の幽霊を背負い男の匂いが重そう
一日の間に悲劇と喜劇をくり返す私の影
妻は私の運命に負けたわけではないと

いくら不器用に強く生きる決意をしても
本当は私も幽霊なのかと不安な日々なのです

仏壇を背に夫と死別した女性には爽やかな風
天国へ舞うように日々軽々と生きているのに
私ときたら地獄に堕ちたように家の片隅で昼寝
半身は生身の人間で半身は死に怯える人間
どちらの半身でも眠りにつけると気づいたのに
なぜ夢の中まで妻の幽霊に怯えているのでしょう

冬の朝　重い花柄の蒲団の位置が少しずれ
妻が寝ていた畳の上を侵略したようで
風邪で寝込むなんて情けないと叱られました
自分が病気に負けたくせに私の咳の音を
「何て惨めなの」と妻の幽霊に笑われたのです
いつまでも現れるなんて私への未練でしょうか

星の重さ

星空を見つめ一日に重さはないと感じた日
強がりも弱音も言えない無感動な男は
一日が軽く過ぎていくことに激しく後悔する
「妻に先立たれた男は二年で死ぬらしい」と
そう友に噂されたことを宿命かと気にして
今日一日の重さを計るために体重計に乗った

こどもの頃から男は上皿天秤が好きだった
今日一日と昨日一日の重さを比べたり
人生と肉体の質量を仕分けして両側の皿に載せ
どちらが重くなるのかと空想したり

今日までと明日からの人生の重さの差を感じ
針の揺れを気にして日々を生きてみたかった

男は妻との長かった病室での一日を想い出す
窓からの小宇宙の星に怯えた夜の時間も
朝も昼も死を待つ人生は重かったか軽かったか
男は二度も倒れて死にかけたが今日も軽く生きて
慈しみながら星を見つめているのに
男の妻はたった一度だけ死にかけて重く死んだ

男は小さな軽そうな星だけに願いをかけたかった
今日も体重は変わらなかったと確かめて眠ろう
永遠に一日の質量や体積は規則正しいのだから
このまま私の宿命をずらして日々を生きていたい
「妻が死んでやっと二年が過ぎたぞ」と得意げに
明日こそ友を許そうと呟き星を見つめる男がいた

笑い方の研究

泣きたいのに泣けない日
家に入ってきた朝日が眩しく涙が零れた
人生はなすがまま　突然の出来事に流されるもの
昨夜は赤ん坊の夜泣きのように泣きたかったが
屋根に当たる雨音に寒々と怯えながら
死者のように眠れず　しとしとと泣けなかった

ただ悲しみばかりに慣れていく日々
昨日は笑っている遺影の前で虚無に似た姿勢
彼らしい運命だったと感傷は消せたが
冷静に一人きりの親友の告別式に参列しただけ

勝ち負けで人生を乗り越えてはいけないと叱られても
死後も愛したいと　私は贅沢な負けの味を感じた

「老人になっても反抗期か」と口喧嘩した日々
若い頃に出家しかけた彼に絶望の重さを語り反論
世話好き笑わせ好きな彼の話にわざと笑いを堪え
それほど彼が好きで小言と慰めの説教を愛した
想い出を笑っても元の顔に戻せるか不安だったが
死者に謝りながら　本当は全身で笑いたかった

今さらだが　笑いたいのに笑えない日
畳を這う夕日が蠟燭の炎のように揺れていた
年老いてから気づいた手軽な友情と愛情と敗北
私の人生の流れが　自然か不自然だったかは問わない
死者のこれからの運命が心配で
死者の笑顔を想い出し　私が笑われていたと気づいた

宿命と運命

この木から花の重さをひくと夏
もう抒情詩は書けません
空を見て散っていく花　これは運命です
私が墜ちる瞬間を見ていてあげたのです
昨日は死者を見送った私　これも運命です
花を育ていつしか老いた私　これは宿命です

暖かな地面は
墜ちた花を受けとめなくてはなりません
私もまたこの地面に支えられ
墜ちていく予感を感じて生きていたのです

どこまで歩いていっても
辿り着けない場所があることに気づきながら

この木から葉の重さをひくと秋
地面に墜ちても花はまだ輝いていました
木から離れることは宿命なのか運命なのか
一枚ずつ花びらが枯れていったのではなく
花ごと違う有機体として地面から消えました
まるで老いていった私の宿命のように

この木から寂しさの重さをひくと冬
もう抒情詩は読みたくはありません
六十歳を過ぎてもまだ愛おしく悩んでいる
これが私の輝き方なのかもしれません
花ではなく私を見ていた私を感じていました
失うことの尊さを知る　これも宿命です

風を描く男

一枚の風景画を描く前に
身体に流れる風変わりな風を感じることがある
清い風が流れていなければ風景画とは呼べない
風に揺れ木は枝や葉を動かしてかたちを作り
花は花びらを散らしながら自分の位置を決める
人も風に背中を押され画の中に入っていくのだ

風を描くために淡い色を薄めてはいけない
どう描かれたいかと訊ねながら描く技法がいい
風には風の色　絵具に風を混ぜて描くのだ
花の散り行く先は暖かな地面でいいのかどうか

風の強い日に殺風景な木から離れる枯葉にも
自分の意志で散っているかどうかを訊ねたい

雨を描くにも風を重ねて描かなくてはならない
雨は風で揺れいつも垂直には落ちてはこない
雨には雨の色　絵の具に雨を混ぜて描くのだ
地球の空は白い雲が流れる空より雨空が似合う
風の向こうに雨空を描くと純粋な雨が見えてくる
雨や風には空と一緒に描いていいかと訊ねたい

なぜ人のいない風景しか描けないのと訊かれたら
負け惜しみに人が去った後の風景だと答えてみる
人を描く時には背後に人生を輝かせて描きたいが
私は風流好きで寂しい風景画の裏側を歩く人を好み
いつも気取って私が隠れやすい場所で生きてきたのだ
風に隠れて私の姿は風景画の中に消えていたのだから

日没まで

山頂で気高い富士山を眺め三つ峠から下山
谷や橋を越え国道沿いの喫茶店に入りました
後ろの景色は切り取られた小さな氷河期風な渓谷
川の水まで時間を遡った旅をしているようです
河原に立つ夕日を浴びている高い落葉松の木
私は今　私の「雄大さ」のなさに気づきました

「風の棲家」という名前の店でした
静けさを響かせた永遠に続きそうな川の音
民家のような店の入口は風の通り道
「注文は日没までに」と書かれた扉と

老夫婦と二匹の子猫が私たちを迎えてくれて
私は今　遥かに遠い日々を想い出しました

日の出に起き日没に眠り私を移動させた旅
二十歳の頃　初めての欧州一周旅行の初日
アテネ郊外の猫たちが遊ぶ公園の前で野宿
「開園時間は日の出から日没まで」の短い時間
あれは四十五年も昔の一日十ドルの旅なのに突然
私は今　闇夜に鉄門の外で眠る私を見つけました

店では山仲間とアンデスの音楽を聴きました
あの遠い旅の後で私は私の人生の外でも旅人でした
私の「非凡さ」を捨て平凡に四十二年も東京で働き
時代を遡り今もまだ旅の途上を歩き怯えているようです
想い出は想い出さなければ想い出になりません
今の私は過去の時間を変えられず甲斐の山里にいます

ヒマラヤスギの下で

秋の公園の中央に聳えていたヒマラヤスギ
その周りで遊んでいる子供たちと
落葉樹から離れ風に舞っていた枯葉たち
錆びたベンチに座っていた老人もいたが
私はというと　広いこの公園にいて
立っている居場所がないことに気づいた

風でヒマラヤスギの枝が揺れている
ヒマラヤスギがマツの仲間だと知った時
ここはヒマラヤではないのに堂々と
スギのふりをして生きるこの木が好きになった

私はというと　顔は人間のようだと自慢しても
人間らしく生きているかは弁解できない

枯れても葉を落とせない針葉樹は嫌いだ
四季に沿って姿を変えるのが本当の木だと
春に新芽から葉に変わり時には花も実も輝かせ
秋に枯葉を落とし裸で冬を越す木が好きだったが
冬になる度に　柔らかな失敗と挫折を想い出し
年月と共にうまく変われていない人生だと気づいた

もうすぐ私にも冬が来るというのに
ヒマラヤに祖先を持つ木が立ちつくしている
自分をスギだと騙しながら生きているのだろう
私だって　人間になり損ねたふりでよく嘘をついた
ただ人間のふりをして生きていても人生は作れない
私はヒマラヤスギを抱きしめてあげたかった

暖かなレモンの葉の上で

庭に帰って来たアゲハ蝶に見とれていた
この水と空気からどんな葉が生まれるか
虹色の水を撒く度に私は幸せな気分を感じた
蝶が幾何学的に舞い濡れた葉に触れた
羽の模様と銀白色の輝きが同じだから
昨日の朝にも見かけた蝶を観察していたのだ

風の中で優雅に羽を休める蝶と揺れる葉
この蝶はこの木で生まれたのかもしれない
葉の上を二匹のいたいけな幼虫が這い
蝶は自分の子供たちを見守りに来たのだろう

昨日の私は葉が食べ尽くされることに苛立ち
蝶と葉とどちらの命を守るかと真剣に考えたが

葉は永遠　新芽が食べられると同じ枝から新芽
よく見ると緑の濃淡で一枚ずつ葉の表情が違う
幼虫は柔らかな葉を寝床にして眠っているのだ
葉を食べ尽くし蛹に変わる幼虫のために
今日の私は蝶に受け継がれる葉の一生を予想した
この木から葉の質量が減り出すともうすぐ秋だ

晩夏の光を浴びレモンの木は水が欲しいと呟き
卵は幼虫へさらに蛹は成虫へと懸命に羽化する
私も卵で生まれ何度も変態をくりかえしていたら
殻を破った上手な生き方ができたのかもしれない
昨日まで私も幾つも幸運な転機を迎えたが
明日からは人生を休み生まれ変わるために入院する

小心者

一日中眠っていたのに夜になると
もっと眠りたいと悲しげな声をだす私の犬
私の足に頬を擦り寄せ抱いて欲しいと甘える
私から片時も離れない十七歳の老犬を
私は老いた私を労るように抱く
私が犬の言葉を覚える前に私の言葉を覚えたのだ

早朝　お腹がすいたと寂しい声をだす私の犬
庭で遊びたいとか私を起こす時の声と
人間の顔のようになり私を励ます時の声も違う
あまりに人間よりも人間らしい素振りをするので

子犬の頃から犬のプライドを持てと叱ってばかり
私を信頼し懸命に犬の運命を生きてきたのだ

寝床では前足で私が読んでいる本をふさぐ私の犬
人間の年だと百歳を越えているらしい
私は六十六歳だから犬の年齢に直すと十一歳
私にも生き物にもそれぞれの寿命があることは哀しい
動物たちを人間の一生と比べるなんて
幸運にも人間に生まれなかった動物に失礼だと思う

私の犬より愛の言葉を伝えることが苦手な私と
愛犬と暮らして私への愛し方を見つけた私と
人間の歳でも犬の歳でも私の方がずっと年下
いつしか小心者の私の方が先に老いぼれた
今日も寝床で私の右腕を枕に眠る犬の一生
私にきちんと犬の言葉で話してと甘えてくる

投影男

昨日が雨か晴れかは忘れましたが
昨日まで気づかなかったことに　今日
墓参りに来て気づきました「墓地は空より広い」と
雲の上　透き通った青空に映るのは人影ばかり
歩く度に私の眼に映る風景が一枚ずつ剝がれ
仕上がらない水彩画が私の心に投影されていました

今日は夏至　光に私の好きな黒が混じっていないので
私の影が地面にくっきりと映ってくれません
私が影の薄い男と噂されているのは知っています
実像や感情が不確かなのか輪郭さえぼやけ

いつ頃から私は私を見つめなくなっていたのでしょう
私の身体はこんなにも醜い形ではなかったはず

私は痕跡を残すように生きていなかったのですね
心に何を投影して生きていたかと私に訊ねましたが
昨日まで気づかなかったことに　今日
お墓を見て気づきました「私には過去はいらない」と
昨日　曖昧な履歴書でも書こうと思いましたが
私がいつどこで生まれたかも忘れようとしていました

私は私をこの時代の何処かに置き忘れていたのですね
生き方を問わずに強引に生きてきたのですから
ただ急いでお墓さえ通り過ぎる人生だったようです
本当はここで静かに立ち止まらなければならないのに
痕跡も残せない情けない男だと私の影に叱られました
父母や妻の墓の影は強く地面に投影されていましたが

Ⅲ　社会学詩篇

雲の山頂

山に来て山景色が見えず
下界から見るとここは雲の中だが
足下を見つめて登っても山は山
これで三つ目の熊の足跡を発見した
霧と霙に包まれていても山は私に暖かく
熊が歩いた道を私も辿っていたのだろう

この道を初めに見つけたのはきっと熊たちだ
急勾配の道にロープが張られていても山は山
私たちはロープを握りしめて登っていたが
熊もこのロープを持って登ったのだろうか

それとも地面すれすれのロープに足を取られ
激しく谷間へ転がり落ちたのかもしれない

ブナの林を抜けると今度は白樺の林が続き
笹の葉も白樺の樹皮も凍りついているようだ
家具としても切り出せないからここに群生し
七十年しか生きられないこんな無用な木はない
燃えにくく薪にもなれないという友が私を見る
それとも私が余命わずかの老いた白樺なのか

カモシカや猿や熊の足跡を見つけても山は山
動物が生きるこの山で私こそ無用の侵入者か
私たちが木を倒し広げた道に木の階段を作り
危険なロープや鎖を張って分かれ道には道標
私は山に謝りながら登っていたのだろうか
霧の山頂に登っても空も下界も熊も遠すぎる

体型論

晴れた空の下で二年ぶりに約束して出会った男と男
お互いに相手の顔を見て自分の方が老いてはいない
肌も目も生活も自分の方がずっと輝き続けていたと
お互いに相手より男の色気があると確信する
幼い頃から喧嘩ばかりして兄弟より仲が良く
あのまま親友として付き合いが続くと思っていたが

いつしか離れてしまったのは体型のせいなのか
体型が違いだして性格まで合わなくなった男と男
一人の男は少し背が伸び痩せたランニングマン
一人の男は背が伸びずに小太りのまま運動嫌い

お互いに三十代を過ぎても自分の体型に満足できず
太れず痩せられず相手の体型さえ許せなくなった

今の生活が充実しているかどうかは相手に訊ねない
お互いに今の仕事の話にも触れられたくもない
それからすぐにまた「体型論」に話題を変えた
「悩みがないから太れたのだろう」と痩せた男
「狭い人生に合わせて太れないの」と太った男
神経質とのんびり屋の相手の性格も苦手になった

それでも困ったことはないかと訊ね合う男と男
優しい目立ちたがり屋の痩せた男とお人好しの太った男
肉や野菜や仕事は好きか嫌いか悩みがあるかないか
痩せた男は太った男の腹の出た人生の丸みは嫌いではない
太った男は痩せた男の精悍な知的さが羨ましいと思う
男は時に寂しくなり反対の体型の男を懐かしがるもの

統計男

ところで老いて舗道にも映らない私の影ですが
過去は遠く　友からの病気の連絡が絶えません
人間が人間でなかった時代の遺伝子の進化論か
男性は二人に一人高齢なら三人に一人が癌の友
いつの間にか私は哀れな統計男と呼ばれました
不甲斐ない統計を信じて社会を見ていたのです

老いた癌の友はさらなる統計を明るく聞きました
自分だけでなく他人の肺に胃に隠れた膵臓にも
社会の表層が癌に犯されても生存率は幸福の度合い
病気の時代に消えそうで消えない癌の友が増えました

そして散歩する四人に一人は病気の友の高齢者
病気と老いでこの町を解説できる時代になりました

聞きたくはないと思いますがこの辺で私の告白
善良な小市民十人に一人は男性高齢者独り暮らし
私も愛犬と妻に死なれ息子に家出された孤独好き
昨年から軽い慢性骨髄性白血病に罹り薬の友
神様に選ばれし遺伝子を進化させた男の一人
最も貧困率が高い階層を生きて仲間は多いです

私は十年先まで怯える老人の甘い香りは嫌いです
社会の統計に当てはまる私であるという安心感と
でも不確かな統計に従わされている不信感
病気と老いの時代にもうどんな統計にも怯えません
きっと死の統計が最も人間的な暖かな統計です
百人のうち百人社会全員の死の確率は隠されたまま

小さな恐怖症

実は私　「閉所恐怖症」なので星空が好き
今日は一日中　狭い部屋に閉じ籠もり
「自分を愛す純愛論」を読んでは眠る繰り返し
そもそも私は母の胎内にいる時から
「狭さ」が怖かったのですが「暗さ」は好き
いつの時代も身も心も社会が暗い時代には輝きました

実は私　「高所恐怖症」なのに青空が好き
昨日は小高い丘の墓地から私の人生を見下ろしたのです
遠く　妻が亡くなった白い病院が近視眼的に見えて
本当は「幸福恐怖症」に感染していたのではないのか

幸福や不幸を意識しすぎて軽い運命に怯えていたのか
そうして青空へ浮き上がりそうになり足が竦みました

実は私「対人恐怖症」なので墓地は好き
偶然に初めて隣の墓の人と出会いました
いずれは隣人になる人だと頬が引きつった一瞬の沈黙
平凡な挨拶では無礼な男に見られてしまうと思っても
「重さ」ある次の言葉を探せないのが人生というもの
私は不幸な男と思われまいと必死に笑っていました

実は私「社会恐怖症」に罹り社会から嫌われそう
社会に弾かれていても人生には見捨てられてはいないと
墓地に来る度にいつも私の恐怖症が治療されていくようです
私は社会の中で本音を言えない病気を抱えて生きてきました
この時代に「自分を愛す恐怖」と「弱さ」をひた隠し
弱い人間の方が強いという感性は反人間的ですかね

こどもになりなさい

もう終戦後とは呼ばれなくなった時代のお話
私は十九歳　毎日退屈で父に隠れて家に籠もり
母によく「大人になりなさい」と叱られました
浪人後挫折し大学も退学し次の人生も目指せず
家や時代から遠く離れたい家出信仰が少しと
何もしたくないという強い意思を持った私でした

私とあの時代　大学闘争の終焉と「七〇年安保」
同世代人は時代に上手に押し潰されていったのに
私には重すぎてどんな思想も持てず未青年期のまま
無防備にこの時代を生きていることを後悔

それでも時々ジャズハウスで間違った発音で歌って
本音を隠し時代の外で生きていたかった私でした

そんな時代に歌手を気取った私への激しい罪悪感
傍観者として何度かデモや集会に行っても
シュプレヒコールでは歌うような声を出せず
日常もなく新聞や闘争や私の顔や髪形にも無関心
恋愛小説も哲学書も読む気力をなくした臆病者
「反安保」と呟いてもアメリカに逃亡したい私でした

それでも矛盾だらけの私を諦め大学と就職
私にもノンポリとして生きるプライドはありました
教員になるとジャズを捨て無理矢理大人の正論を語り
生徒たちに「こどもになりなさい」と叱られてばかり
「先生は純粋で嘘もつけず本当のことも言えない」と
還暦後は時代と戦わず家に籠もりジャズが鼻歌の私でした

高齢者自殺論

光を浴びまひるの舗道を躓いて歩く人々
町は高齢者で溢れ明るい農村風の景色でした
小市民五人に一人は精神疾患ですと白書に
きっと社会も私も疲れ果てて輝いていたのです
そう言えば高齢者の息子まで高齢でこの町は
風景さえ高齢になっているのかもしれませんね

十年前は自殺者三万人を越え今は五千余人減り
社会は明るい方向に向かっていますと白書に
男の自殺は女性の二倍以上で男は不要の社会の
十年先は自殺者三割減少を目指すと某知事発言

不条理な自殺は他殺にも似ていますと白書に
若者の自殺は理由があるが高齢自殺は季節感もなく

それでも老いに負けるなと高齢者に励まされる屈辱
病気に貧困に自滅に社会の軋轢が原因ですと白書に
それぞれの敗北の理由を高齢者が高齢者に弁明し
どうせならもう少し待てば自然にと諭されても
自殺の自由は認めて欲しいと高齢者がまた孤独死
人間も絶滅危惧種と気づく日も遠くはないですね

高齢者は老いても「老人になる」人間が嫌いです
同情せず身の上話を聞いてあげましょうと白書に
人間の特権なのか私は自殺の反対はいたしません
高齢者は毎日が反抗期の偏屈な天の邪鬼ですから
社会では高齢自殺の美学は幸福と不幸の境界線上
私も高齢者ですからずっと死ぬまで死ねませんね

盲導犬物語

曇り空の下　私の町の街路樹は枯れた花水木たち
狭い舗道を歩いていても激しい車の音しか聞こえない
遠く　私の前に痩せた盲目の青年の姿が見える
大通りは白線が引かれた細い道と交差し
舗道を真っ直ぐに歩くためには　幾つも幾つも
信号のない細い道を越えなくてはならなかったが

不意にまた彼が舗道を横切る道の前で立ち止まる
白い杖を叩いても彼には白線は見えないのだ
その時突然　不快なクラクションの音が鳴り響く
近づく見えない危険に怯えて歩きだせない青年

この時代に私を守ってくれるものなど何もないと
どちらに向かって歩くか途方に暮れているようだ

どこに立っていても危険なのだから早く渡りなさい
すると車から降りて来た老運転手が現れ
青年に声をかけ手を取り一緒に道を渡ったのだ
その間も止められた次の車からクラクションの音
暗い空に危険を知らせる次の音も響きだし　私には
この光景が戦時中のラジオの一場面のように聞こえた

電車に乗ると老人の座席の下に痩せた盲導犬
白い毛は薄汚れ背中に固定された器具が痛々しい
なぜ直ぐに駆け寄り立ち尽くす彼を守れなかったか
なぜいつも傍観者のまま人生をやり過ごそうとするのか
私の目や耳までなぜ警報の鳴りやまぬ時代に怯えるのか
盲導犬と眼が合うと私を責めているようだった

敗者の社会学

誰かに隠され私の生きている場所が見えません
家の中で無力を装って暮らしても私の居場所はなく
高齢引き籠もりは国家の損失と街に出かけても
社会には私のような誠実な小市民が少なすぎます
群衆の中に私の来歴が隠され私個人ではなく
この社会で私に似た人間にさせられていたようです

どんなに煩い昔の男として弾かれていようと
私には適度な善人として生きている誇りがあります
私はどこにでもいる寂しい幸福な男にはなれませんが
それなのに社会性もなく社会に従わない不運好きな男

個人にもなれない孤独な個人主義だと切り捨てられ
街の集積所に私に似た人間だけが集められていたのです

人間が集団として固まり過ぎると脆く崩れやすく
集団でなければ社会に立ち向かってはいけませんし
堂々と無価値な私に社会はどう生きろというのでしょう
私の名前も記録も薄い私の過去も消されてもいい
四十二年も働いた私でもこの国では高価な不要品でもいい
私の捨て場所から逃げられず街の迷路に迷い込みました

きっと私は社会の無慈悲に気づき私からも逃げた人間
私が隠れていれば国家の損失とささやかに抵抗しても
私の生き方を模倣して生きていても私個人にもなれず
それでも負けを認めよと社会の方向に従い並べ変えられ
潔く私の身体が裏返されても個人か集団かにも分別されず
文明ゴミなのか私に似た人間があちこちに捨てられたまま

こども貧困率

飛ぶ鳥を見て男の子が夕日を浴びています
ゆるやかな坂道の下に広がる夕暮れの町
帰り道なのか　どんなに笑っていても
子供なら不安を抱えていない子供はいません
眼の前に転がっている事故や挫折や心の傷
子供は自分の問題を語ることが苦手なのです

男の子は喧嘩に負けたような寂しい後ろ姿です
そんな子供を見ていると遠い日が滲んできます
家のある方角へ歩きたくないのかもしれません
帰り道を見失った子供の七人に一人は貧困生活

大人だって一人世帯なら二人に一人は貧困です
子供には家や学校や社会の影が見えないのです

秋の終わりに夏のシャツのまま風の中にいます
そうです残念ながら貧困は子へ受け継がれやすく
貧困の意味も分からず長い一日が暮れたのです
子供は次々と抱えきれない弱い感情を背負わされ
誰が貧困家庭を作ったかは問われていませんが
子供の貧困を家族の愛情にすり替えるのは卑怯です

男の子は立ち竦み鳥の鳴き声を聞いているようです
子供は知らぬ間に涙を流して心を洗っているのです
百人に七人が神様に選ばれた発達障害の子供でも
癌や難病や心や身体の障害に怯え親に怯える子供でも
子供の頃の心の貧しさを抱えた幼い大人たちの周りで
社会の中で無防備にかくれんぼをする子供がまた一人

隣町についての考察

この町のこの道の曲がり角はいつも雨か曇り
かつてすれ違った人たちの顔が思い出せない
あの時代を生きた昭和の薄暗い顔立ちだったが
皆　理性と運命を捨てて悠然と移住した
潮の香りが消えた天然ガス工場と発電所の町
山と畑で私の町と接していた海沿いの隣町へ

この町の風景は風景画にも描けないほど寂しく
昭和の時代から使い古され働き疲れた人間たちに
地図からも消えそうな我が過疎地と讃えられたが
隣町は工場も発電所も閉鎖されて死滅寸前

発電所を作り近代化を押しつけた昭和の人は
機械の設計だけで町の未来図は描けなかったのだ

この町には時代の変化を嫌う臆病者だけが残り
最低限の文化的生活に憧れた人たちだけが隣町へ
海と川を汚し空や山を汚し人間も汚れたその後に
壊せない発電所はどんな新名所と呼ばれるのだろう
誰も訪れない昭和の香りが消えかかった私の町と
発電所のために滅んだ隣町は永遠に隣同士なのだ

部品のような住民たちは永遠の文明人にはなれず
工業化虚しく少しの機械が壊れて自滅した昭和の時代
機械に幸福を預け敗北した私の時代は派手に去り
隣町はかつて発電所があった町とだけ記録されるだろう
この国ではどちらかの方法で次々と町が消えていくが
どの時代に変わっても私は昭和の時代のまま生きてやる

そこからの過疎地

夕日は気まぐれ　背景はなだらかな山並
地球での初めての田舎暮らしを始めました
でもどこから朝が来るのかが分かりません
昨日は川の氾濫と地滑りの音で眠れない夜
きっと地軸がさらに傾き始めたのでしょう
優しい隣人にもっと怯えなさいと言われました

都会からしか地球を見ていなかった私でした
人と人と耳や目を合わせていたら突然の孤独病
贋文明人として都会の熱で私の微熱が下がりません
大気や海面の温度を上昇させた暮らし方でしたが

どこをどう歩いても風景が焼け跡に見えだし
都会を離れ初めて砂漠に似た地球に気づきました

土手のない川と山裾の田畑と暗い雑木林と
蜘蛛の巣の張った名のない神社に人影はなく
雑草が茂った山道に蚊や蛾や蝶や小鳥たち
私はどこで暮らしてもその土地を愛しましたが
暮らしやすさだけで人生を終わらせたくないと
故郷を作るために遠くこの村にやって来たのです

四季の美しい我が国の半分は過疎地
自然と戦えずここでは快適に不便さを楽しむ暮らし
都会生活の模倣だけでは生き延びてはいけません
空は遠く山や森や川が崩れ表土も流失したとしても
自然は冷静に地球の熱の均衡を保っていたのです
私はいつでも地球から逃げる覚悟はしていますが

詩を解説した私的な補足

I　人生論詩篇

朝食の時間
＊「世界一孤独な日本の老人たち」は『世界一孤独な日本のオジサン』岡本純子著・角川新書版のタイトル名をアレンジしたことにします。でも、この詩を書いた後に、このタイトルを偶然に見つけたのです。どうして社会では、独り暮らしの男は孤独だという記事が多いのでしょう。私が目につくのかもしれませんが。

妻と私のジェンダー論
＊ジェンダーとは生物的な性別に対して、社会的、文化的に形成される性別。作られた男らしさ、女らしさのことを言います。しかし、私は男らしさの意味も分からず、自分が男らしいとも思えません。私の身体は骨太で筋肉質で男性的であるようですが。

花屋の場合
＊エンディングノートとは死後のために家族に残すメッセージの記録です。終活アドバイザーの講演を聞き、目指そうと思ったのですが辞めました。エンディングノートを作り始めましたが三日坊主でした。様々な仕事を経験した大学時代の親友の話です。

しっぽの理論
＊私とは性格が正反対の友人でした。昔は動物嫌いだと言っていましたが、我が家に遊びに

来て、私の愛犬に甘えられてから、すっかり動物嫌いではなくなりました。

陽気な古時計屋

＊彼は兄と一緒に時計屋を継ぎました。でも時計の修理は苦手で、貴金属の飾り物作りに熱中し、宝石や装飾品ばかりを売り歩いていました。高校時代のバンド仲間でしたが、不思議な男でした。

黄昏電車

＊『人間とは何か』はマーク・トウェイン著、岩波文庫版。全く、人間よりも猿の顔に近い老人に電車で席を譲り、私の前でこの本を読み始めた時には感動しました。

優しさの伝言

＊電車の中で三人を見かけた翌日に、偶然に、母親も一緒に四人で笑いながら歩いている姿を見かけ、私も暖かな気持ちになりました。母親も盲人でしたが、二人の子供は元気に親たちの手を引いていました。親たちの目が見えなくても、両親の健康な形質、遺伝子を受け継いだのでしょう。兄は母に、妹は父によく似ていました。

遠い手紙

＊この五年の間に懐かしい友からの手紙が三通届きました。懐かしいというよりも恋しい気持ちが強かったです。いつの間にか、昔の友人たちと疎遠になってしまっていた自分に腹を立てました。私の詩集に対しての暖かな手紙は大切に保管をしていますが、未だに返事を書けていません。どう書いたらいいのでしょうか。何度も書き損じて、結局は、出せな

くなってしまいました。情けないですね。

悲しみの演技力

＊彼は映画俳優を辞めた後、音楽事務所を経営し、バンドや歌手のマネージメントをしていました。家の中ではパジャマ、外では背広しか着ないと、いつも自慢していました。現実感がなく、私と違う日常を生きているように思いました。しかし、ドラマの世界と現実の世界の区別が苦手のようで、些細なことでよく怒りだしました。

悲しい親子

＊私が結婚し、幼い息子を叱っている時、後ろから、子供の頃の貴方は悪くて上手く躾けられなかったと、母によく言われました。子供を叱る時は、自分を叱ればいいのです。母が亡くなってから、母がクリスチャンになっていたことを知りました。台湾から引き揚げて来て、きっと激しい時代に流されて生きていたのだと思います。

靴職人の憂鬱

＊私が知り合った頃は歌の伴奏が専門の老ピアニストでした。イタリアの話とかオペラの話とか靴職人の頃の話をよく聞かされました。どれも食べていけなかったようです。でも笑ってはいけないのに笑ってしまったのは親しい従兄が乳癌で死んだ話でしょうか。男性でも乳癌に気をつけなくてはならないのですね。

幸福な無人駅

＊遥か昔、私がまだ二十代、仕事を始めた頃のお話です。休日に、仕事に疲れきっていた私は一人で奥多摩の山にハイキングに出掛けました。もう、冬に近かったせいか、誰とも出会いませんでした。この詩を脚色して作詞をしました。「森の中の小さな駅」という題で曲がついて、コンサートで声楽家に歌って貰いました。

慈しみ深き妻の幽霊

＊既に妻が亡くなって四年がたつのに、時々、壁に妻の影が映っているように見えることがあります。それは自分の影に怯えていたのかもしれませんね。妻に死なれ、今でも自分が悪かったのではないかとよく考えます。

星の重さ

＊重さと質量は異なった単位です。質量は上皿天秤で量り、月でも地球でも数値は変わりません。本当は重さと質量の言葉の使い分けを詩の中でしなくてはなりませんね。

＊宿命は自分ではどうにも変えられないと言いますが、それでは寂しすぎませんか。

笑い方の研究

＊親友が亡くなり、そのお通夜の帰り道に、私は都会を歩いていて道に迷いました。青春時代、何度も彼と通った道だったのに、全く方向を見失いました。そんな私を彼が笑っているように思えました。二十代前半に出家しようとしたり自殺未遂をした友でした。

宿命と運命
＊妻が死んだ夏、塀を越えて、隣の家の庭から一つだけ、夏椿が墜ちてくる瞬間を見てしまいました。その一つだけの花を見つめながら考えごとばかりをしていました。地面に墜ちても輝いていたのです。宿命なのか運命なのか、ずっと考えていました。

風を描く男
＊友人が描く美しい水彩の風景画にいつも風の流れを感じていました。風という言葉も好きですが、殺風景とか、風流や風変わりとか、風を含んだ言葉にも不思議な魅力を感じていました。風を風だけで描くことはできませんね。

日没まで
＊三つ峠は山梨県にある標高一、七八五メートル、富士山の眺めが美しい山です。高校時代に一度登りましたので、二度目の三つ峠登山でした。
＊その帰りに寄った喫茶店は甲斐の山里、山梨県笛吹市にありました。「注文は日没までに」という看板を見て、突然、若い頃の欧州旅行で見た、「開園時間は日の出から日没まで」というギリシャの公園の詩的な注意書きを思い出したのです。あの旅行ではどこの街に行っても、可愛い猫ばかりを見かけました。
＊旅行では、副題に「一日一〇ドルの旅」と書かれた『地球を歩く』という本を持ち歩いていました。あの頃、四十五年前の一ドルは、確か、三百六十円程度だったかな。

ヒマラヤスギの下で

＊公園の中央に二本のヒマラヤスギが立っていました。ヒマラヤスギはヒマラヤが原産地。マツ科ヒマラヤスギ属の常緑針葉樹。「ヒマラヤスギはマツの仲間です」と書かれてありました。よく、仕事中に職場を抜け出して、この公園で過ごしました。勤めてからの数年は本当に仕事が辛かったのです。東郷公園といいました。

暖かなレモンの葉の上で

＊狭い我が家の庭ですが、夏になると様々な蝶が訪ねて来てくれます。レモンやミカンや、柑橘系の葉の上に蝶の幼虫を見かけた時は、今年も夏がやって来たと嬉しくなりました。毎日、我が子のように幼虫を観察しました。

小心者

＊私の家族の中心は茶色い毛のミニチュア・ダックスフントでした。十七歳と八ヶ月で亡くなりました。全く病気もしない健康な犬でしたが、夏の終わりの朝、突然、私の寝床の隣の自分のベッドで死んでいました。妻が亡くなった後、息子も結婚で家を出て、ずっと一緒に暮らしていたので悲しみは計り知れません。私に甘えてくる時は、まるで人間のようで、犬のプライドを持てとよく叱りました。私が人間として扱っていたかったのかもしれません。私が六十六歳の時のまだ愛犬が生きていた頃の作品です。未だに毎日、写真を見て想い出しています。

投影男

＊私の家のお墓は武蔵野の外れにあります。墓参りに行く度に、墓地の広さに圧倒されます。

そして、自分もやがてこの墓に入るのかと思うと、今までの自分の生き方が正しかったかどうかと考えてしまいます。なぜかこの墓地から見ると空が低く見えます。

Ⅲ　社会学詩篇

雲の山頂

＊白樺の木の寿命は一代で七十年程度だそうです。人間のようで愛おしく思えます。白樺の木が倒れているのを見ると悲しく、白樺の木の寿命の短さに驚かされました。

体型論

＊人間は体型が変わっていくことで性格まで変わっていくように思います。私も五十代を過ぎ、自分がこんなに太っていく体型とは思ってもいませんでした。おそらく遺伝より環境のせいでしょう。自分の体型が急激に変わった時は病気だと思って諦めましたが、友人の体型が急激に変わった時は、驚くよりも失望しました。

統計男

＊高齢者は一般的に六十五歳以上の人の呼び方です。数字は数年前の統計ですので、正確ではありません。私はどうして統計で社会を見つめる男になったのでしょうか。

＊「慢性骨髄性白血病」は血液の癌ですが、高価な薬で抑えられています。妻が亡くなった半年後に、私が「悪性リンパ腫」の疑いがあると言われ、検査では腰の骨に穴を開けられ

骨髄液を取られ調べられました。その痛さに涙を流しました。それなのに若い医者に、「こんな太い骨は初めて見た」と言われ腹立たしくなりました。

小さな恐怖症

*私は難しい時代を生きているという実感はありますが、それはきっと、どんな時代を生きていたとしても、誰しもが抱く感情でしょう。墓参りに行くと私の様々な恐怖が凝縮される気がします。きっと私が「死」に敏感な臆病者であるからでしょう。

こどもになりなさい

*ノンポリとは政治問題や学生運動に関心を示さないこと、あるいはそのような学生のこと。この頃は大学の構内もよく封鎖され、七〇年安保の時代でした。私は友人に誘われて代々木公園のデモに三回だけ行きました。大学のサークルの部室に終末期の学生の活動家がよくやってきましたが、私は幼く、将来に不安ばかりを感じていた、頑固で臆病なノンポリでした。

高齢者自殺論

*白書とは一般に政府の公式の調査、報告書のことです。でも、この詩に書いたようなことが国の白書に書かれているかどうかは分かりません。これは私が想像した白書ですから。私はそんなに国の白書を信じてはいません。

盲導犬物語

*私が駅まで歩いて行く時、偶然ですが、盲目の青年とよく出会いました。彼は舗道をきち

んと歩いているのですが、舗道と交差している細い道を横切る時に、怯えて立ち竦んでいました。その姿に私も怯えていました。激しくクラクションを鳴らされ、細い道から突然、車が飛び出して来ることが多かったのです。安心して歩けない舗道に私はいつも苛立ちます。大通りにも頻繁に車が通っていますし、車の排気ガスで街路樹の花水木も枯れてしまいました。

敗者の社会学

＊社会学とは人間や集団の関係を社会の構造や機能から考える学問です。退職後、大学で勉強をした時に、この社会学が一番、面白く、興味深い学問でした。それなのに、一番難しく、苦手で理解が出来ませんでした。この学問で考察されていた社会は、私が生きている社会と、全く違う社会のような気がしました。不思議な学問です。

こども貧困率

＊いつのまにか統計では、こどもの貧困率が六人のうちの一人でなく、七人のうちの一人となっていました。本当ですかね。

＊発達障害は先天的な障害が原因で乳児期に生ずる発達の遅れ。自閉症、学習障害、注意欠陥多動性障害などです。残念ですが、そのまま大人になった人が多いのです。

＊貧困率とは世帯収入から国民一人ひとりの所得を計算し並べた時、真ん中の人の所得より半分の人の所得の貧困線に届かない家庭の割合。我が国は一人親家族では、働いている家族の方が貧困率は高く世界一のようです。

隣町についての考察

*八ヶ岳方面に旅行をした時のことです。ホテルで働く、原発の事故で子供を連れて福島から逃げて来たという父親と話をしたことがありました。自分たちで勝手に逃げて来たのだからと、国から一切の補償も貰っていないと言っていました。現代の社会は善人が損をしているのかもしれませんね。

そこからの過疎地

*日本国土の約五七パーセントが過疎地。人口の著しい低下で、地域社会としての活力が低下している地域のことを過疎地といいます。社会学の本で、国土の半分以上が過疎地と知り、いつかは私が過疎地で暮らさなければと思いました。ずっと、自分は都会が嫌いだと思いながら都会に住んでいたのです。田舎に住めずに都会に住んでいて、私が心筋梗塞やら白血病に罹ったのは、私の弱さやストレスのためだと思っていました。

■初出一覧

Ⅰ　人生論詩篇

朝食の時間	『現代生活語詩集』・二〇一八年八月
妻と私のジェンダー論	「千年樹」七四号・二〇一八年五月
花屋の場合	「へにあすま」五七号・二〇一八年二月
しっぽの理論（愛犬家を改作）	「詩素」四号・「ここから」八号・二〇一九年五月
陽気な古時計屋	「別冊詩の発見」一七号・二〇一八年三月
黄昏電車	「詩素」三号・二〇一七年五月
優しさの伝言	「千年樹」七七号・二〇一九年二月
遠い手紙	「ここから」九号・二〇一九年九月
悲しみの演技力	「千年樹」七八号・二〇一九年六月
悲しい親子	「モデラート」四八号・二〇一九年二月
靴職人の憂鬱	「詩素」六号・二〇一九年四月

Ⅱ　いのちの詩篇

幸福な無人駅	「千年樹」七二号・二〇一七年五月
慈しみ深き妻の幽霊	「モデラート」四八号・二〇一九年二月
星の重さ	「ここから」六号・二〇一八年五月
笑い方の研究	「へにあすま」五八号・二〇一八年十月

宿命と運命　「千年樹」七九号・二〇一九年九月
風を描く男　「千年樹」七五号・二〇一八年九月
日没まで　「ここから」七号・二〇一八年十月
ヒマヤラスギの下で　「ここから」五号・二〇一七年九月
暖かなレモンの葉の上で　「千年樹」七六号・二〇一八年十二月
小心者　「千年樹」七三号・二〇一八年二月
投影男　「千年樹」七四号・二〇一八年五月

Ⅲ　社会学詩篇

雲の山頂　「びーぐる」四二号・二〇一九年一月
体型論　「へにあすま」六〇号・二〇一九年九月
統計男　「ここから」六号・二〇一八年五月
小さな恐怖症　「詩と思想」・二〇一八年十一月号
こどもになりなさい　「へにあすま」五九号・二〇一九年三月
高齢者自殺論　『詩と思想詩人集２０１８』・二〇一八年八月
盲導犬物語　「東京新聞」・二〇一八年十月二十七日版
敗者の社会学　「詩素」五号・二〇一八年十一月
こども貧困率　「千年樹」七五号・二〇一八年九月
隣町についての考察　「千年樹」七六号・二〇一八年十二月
そこからの過疎地　「はだしの街」五八号・二〇一八年十月

この詩集についての覚書

振り返ると、十代の後半から、休みながらも五十年余りも詩を書いていたことになる。多分、私が詩を書いていなかったら、とても味気ない人生だったような気がするが、詩を書いていた自分を肯定も否定もしたくない。今は現代詩から歌の詩に傾きつつあるが、詩は私の生き方への批評であると思う。

この詩集の詩篇は、今から、七年ほど前、友人の句会に参加するようになった頃、私なりに詩にも形式が欲しいと思い書き始めた。一連を六行、すべて四連構成とした。起承転結を意識すると自由でなくなるので、意味性と言葉のリズム、そしてさらに自己への批評性を意識した。俳句のように凝縮度を試みたが、ただ単に、この形式、この長さの詩が、私には読みやすく、書きやすかったのだろう。しかし、何度も推敲を繰り返し、発表した詩とは大幅に変わってしまった詩が多いことをお断りしておきたい。完成したと決めてからもさらに一年間も毎日手直しし、そんな自分に失望ばかりしていた。

数行の言葉の世界で作られる物語。全て、私の現実の中から生まれた詩で、私が感動した場面を詩で語ってみたかった。最近は「人生」という言葉に後ろめたさを感じて、安易に使えない。一日が重く、詩の中に入り込んでくる日常や社会はもっと重い。

四年前、妻の死を体験したが、「運命愛」か、最近はそんな自分の運命を受け入れようと思うようになった。登場した人物は皆、実在し、個性的な人物だった。私は詩で人生を語りたかったのか。これからは気楽に、「運命論」を信じて書いていこうと思う。

二〇一九年　初夏

吉田義昭

著者略歴

吉田義昭（よしだ・よしあき）

詩集

一九七六年『贋ランボー記』（ワニ・プロダクション）

二〇〇三年『ガリレオが笑った』（書肆山田）第十四回日本詩人クラブ新人賞受賞

二〇〇四年『空にコペルニクス』（書肆山田）

二〇〇七年『北半球』（書肆山田）

二〇一〇年『海の透視図　長崎半島から』（洪水企画）第十回詩と創造賞受賞

＊『空の透視図』（一九七七年・ワニ・プロダクション刊の作品を再録）

二〇一六年『空気の散歩』（洪水企画）

二〇一七年『結晶体』（砂子屋書房）第二十回小野十三郎賞受賞

エッセイ集

二〇一三年『歌の履歴書　「ミスティ」はもう歌えない』（洪水企画）

現住所　〒一七五―〇〇八四　東京都板橋区四葉一―八―一一

詩集　幸福の速度

発行　二〇一九年十一月十五日

著者　吉田義昭
装丁　多田浩二
装画　柿本忠男
発行者　高木祐子
発行所　土曜美術社出版販売
〒162-0813　東京都新宿区東五軒町三—一〇
電話　〇三—五二二九—〇七三〇
FAX　〇三—五二二九—〇七三二
振替　〇〇一六〇—九—七五六九〇九
印刷・製本　モリモト印刷

ISBN978-4-8120-2545-1　C0092